# 花间词选

名画插图版

张天漫 / 编

中国出版集团
东方出版中心

图书在版编目（CIP）数据

花间词选：名画插图版 / 张天漫编 . -- 上海：东方出版中心，2025.1. -- ISBN 978-7-5473-2649-7

Ⅰ . I222.8

中国国家版本馆 CIP 数据核字第 2024CL6243 号

## 花间词选：名画插图版

编　　者　张天漫
出　　品　东方出版中心北京分社
策划统筹　范　斐　曾孜荣
责任编辑　范　斐
营销发行　柴清泉　周　然
责任校对　汤梦焯　温宝旭
特邀编辑　孔维珉
封面设计　王海鲸
排版制作　天津裕同印刷有限公司

出 版 人　陈义望
出版发行　东方出版中心
地　　址　上海市仙霞路 345 号
邮政编码　200336
电　　话　021-62417400
印 刷 者　天津裕同印刷有限公司

开　　本　710mm×1000mm　1/16
印　　张　14
字　　数　160 千字
版　　次　2025 年 1 月第 1 版
印　　次　2025 年 1 月第 1 次印刷
定　　价　78.00 元

版权所有　侵权必究
如图书有印装质量问题，请寄本社出版部调换或拨打021-62597596联系。

# 前言

花间词派是中国古代诗词学流派之一，出现于晚唐五代。后蜀广政三年（940）赵崇祚编的《花间集》，是我国最早也是规模最大的晚唐五代文人词的总汇。"花间"两字，出自花间派词人张泌"还似花间见，双双对对飞"的诗句。花间词以深情婉曲的笔调，浓重艳丽的色彩，描写女性闺情的词最有代表性。

《花间词》收录了温庭筠、皇甫松、韦庄、薛昭蕴、牛峤、张泌、毛文锡、牛希济、欧阳炯、和凝、顾敻、孙光宪、魏承班、鹿虔扆、阎选、尹鹗、毛熙震、李珣等18人500首词作。其中温庭筠的词作最多，所以有"花间鼻祖"之称。韦庄与温庭筠齐名，同为花间词派的代表人物，但他们的词风却不同。温庭筠的词雅艳绮丽，含隐深情；韦庄的词明淡清丽，简洁疏放。其他人的词风均受二人影响。陆游称花间词"高古工妙""简古可爱"。由于注重锤炼文字、音韵，花间词自五代后，直接影响到词的主流婉约词的发展。"以花间为宗"，在北宋成为有些词人的信条，这种情况到了明代依然没有根本改变。

仕女画在中国人物绘画中占有重要的地位。据《西京杂记》记载，我国最早专画女性肖像的画家是汉代宫廷画家毛延寿，其"为人形，丑好老少，必得其真"。而流传下来的，最早技巧成熟、格式完备的仕女画应为东晋顾恺之的《女史箴图》。女性自此成为历代画家关注的创作题材，<u>顾恺之、张萱、周昉、周文矩、阮郜、苏汉臣、赵孟頫、钱选、仇英、唐寅、陈洪绶、焦秉贞、冷枚、费丹旭、改琦</u>等，创作了一批精彩的仕女画。元代汤垕《画鉴》中说"仕女画之工，在于得其闺阁之态"，仕女画创作的精妙之处在于闺阁情态的表现，在于绘画中的感情移入。画中"莺语时啭""皓腕凝霜雪"的美人，"绿玉高髻""弄水桥头"的少女，"风引宝衣"的神女，"微笑含春"的仙女，"蛾愁黛浅"的西施……千姿百态的女性形象，与词中若隐若现的故事情节融合在一起，诗词画境隐约迷离，而又意境幽深。

花间词与仕女画共同为女性谱写了一部优美的"合唱"。

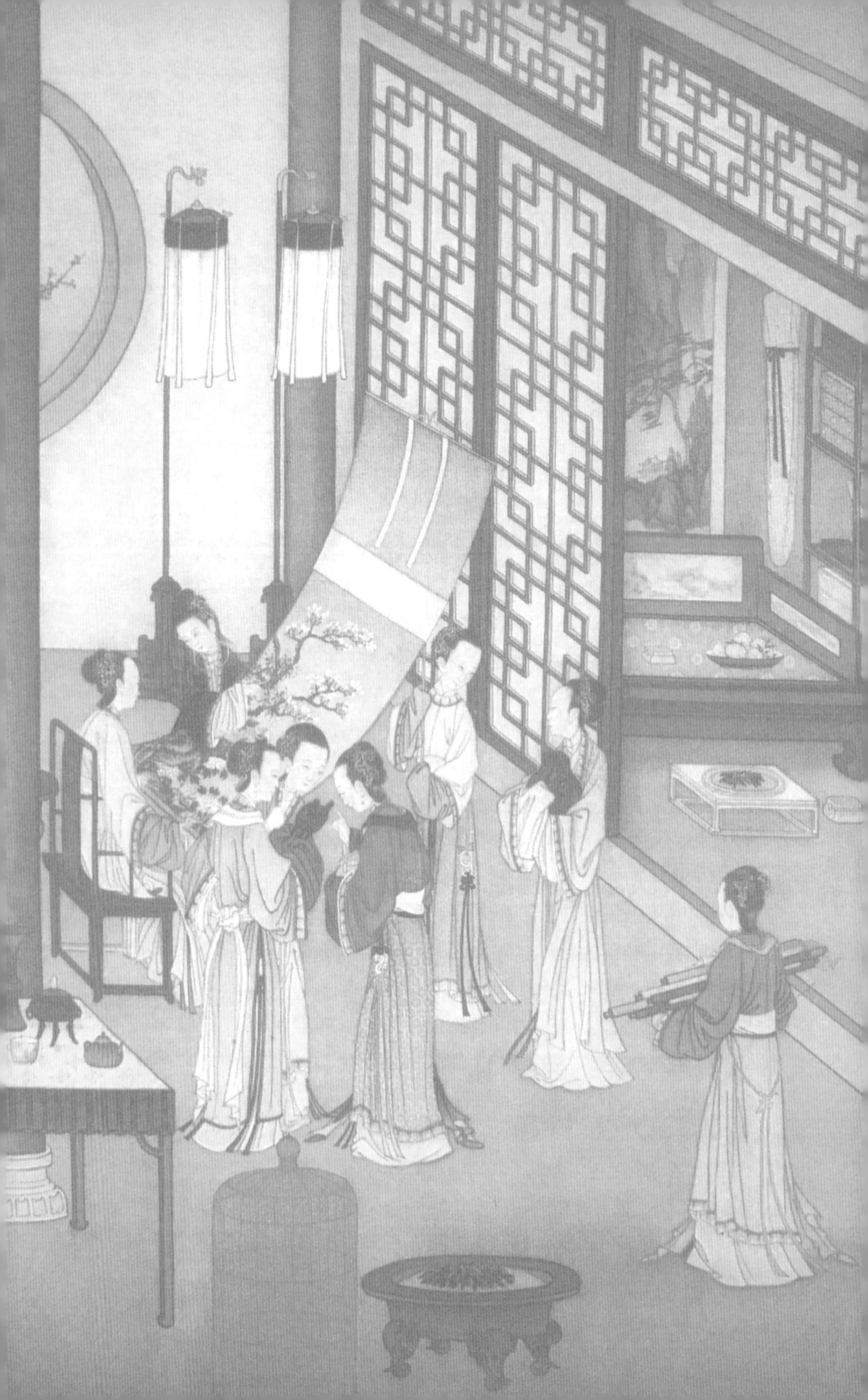

# 目录

## 温庭筠

| | |
|---|---|
| 菩萨蛮·小山重叠金明灭 | 3 |
| 菩萨蛮·水精帘里玻璃枕 | 4 |
| 菩萨蛮·翠翘金缕双鸂鶒 | 6 |
| 菩萨蛮·杏花含露团香雪 | 9 |
| 菩萨蛮·玉楼明月长相忆 | 11 |
| 菩萨蛮·雨晴夜合玲珑日 | 13 |
| 菩萨蛮·竹风轻动庭除冷 | 14 |
| 更漏子·背江楼 | 17 |
| 更漏子·玉炉香 | 19 |
| 更漏子·柳丝长 | 21 |
| 更漏子·相见稀 | 22 |
| 河渎神·河上望丛祠 | 25 |
| 遐方怨·凭绣槛 | 27 |
| 遐方怨·花半坼 | 29 |
| 蕃女怨·万枝香雪开已遍 | 30 |
| 女冠子·含娇含笑 | 32 |
| 玉蝴蝶·秋风凄切伤离 | 34 |
| 梦江南·梳洗罢 | 36 |

## 皇甫松

| | |
|---|---|
| 天仙子·晴野鹭鸶飞一只 | 41 |
| 天仙子·踯躅花开红照水 | 43 |
| 浪淘沙·蛮歌豆蔻北人愁 | 45 |
| 杨柳枝·烂漫春归水国时 | 47 |
| 梦江南·兰烬落 | 49 |
| 梦江南·楼上寝 | 51 |
| 采莲子·菡萏香莲十顷陂 | 53 |
| 采莲子·船动湖光滟滟秋 | 55 |

## 韦庄

| | |
|---|---|
| 菩萨蛮·红楼别夜堪惆怅 | 57 |
| 菩萨蛮·人人尽说江南好 | 58 |
| 菩萨蛮·如今却忆江南乐 | 60 |
| 清平乐·野花芳草 | 63 |
| 荷叶杯·记得那年花下 | 65 |
| 浣溪沙·惆怅梦余山月斜 | 67 |
| 浣溪沙·夜夜相思更漏残 | 68 |
| 归国遥·春欲暮 | 71 |
| 归国遥·春欲晚 | 73 |

**薛昭蕴**

浣溪沙·红蓼渡头秋正雨　　74

浣溪沙·粉上依稀有泪痕　　76

浣溪沙·倾国倾城恨有余　　79

浣溪沙·越女淘金春水上　　80

离别难·宝马晓鞴雕鞍　　83

小重山·春到长门春草青　　85

小重山·秋到长门秋草黄　　87

**牛峤**

女冠子·绿云高髻　　91

梦江南·衔泥燕　　93

菩萨蛮·玉钗风动春幡急　　95

感恩多·自从南浦别　　97

玉楼春·春入横塘摇浅浪　　99

**张泌**

浣溪沙·依约残眉理旧黄　　101

浣溪沙·偏戴花冠白玉簪　　103

临江仙·烟收湘渚秋江静　　105

河传·渺莽云水　　107

江城子·浣花溪上见卿卿　　109

生查子·相见稀　　110

**毛文锡**

虞美人·宝檀金缕鸳鸯枕　　113

更漏子·春夜阑　　115

醉花间·休相问　　117

应天长·平江波暖鸳鸯语　　119

**牛希济**

临江仙·素洛春光潋滟平　　121

临江仙·柳带摇风汉水滨　　123

生查子·春山烟欲收　　125

中兴乐·池塘暖碧浸晴晖　　127

**欧阳炯**

浣溪沙·相见休言有泪珠　　129

献衷心·见好花颜色　　131

贺明朝·忆昔花间初识面　　133

贺明朝·忆昔花间相见后　　135

凤楼春·凤髻绿云丛　　137

**和凝**

临江仙·披袍窣地红宫锦　　140

天仙子·洞口春红飞蔌蔌　　142

采桑子·蝤蛴领上河梨子　　145
柳枝·瑟瑟罗裙金缕腰　　147

## 顾敻
虞美人·深闺春色劳思想　　149
浣溪沙·春色迷人恨正赊　　151
诉衷情·永夜抛人何处去　　153

## 孙光宪
浣溪沙·花渐凋疏不耐风　　154
浣溪沙·兰沐初休曲槛前　　157
菩萨蛮·月华如水笼香砌　　158
菩萨蛮·花冠频鼓墙头翼　　161
后庭花·石城依旧空江国　　163
谒金门·留不得　　165

## 魏承班
菩萨蛮·罗裾薄薄秋波染　　169
玉楼春·寂寂画堂梁上燕　　171
渔歌子·柳如眉　　173

## 鹿虔扆
临江仙·金锁重门荒苑静　　174
思越人·翠屏欹　　177

## 阎选
虞美人·楚腰蛴领团香玉　　179
临江仙·十二高峰天外寒　　181
河传·秋雨秋雨　　183

## 尹鹗
临江仙·深秋寒夜银河静　　185
菩萨蛮·陇云暗合秋天白　　186

## 毛熙震
浣溪沙·一只横钗坠髻丛　　189
浣溪沙·碧玉冠轻袅燕钗　　191
临江仙·幽闺欲曙闻莺啭　　192
更漏子·烟月寒　　195
后庭花·莺啼燕语芳菲节　　197

## 李珣
菩萨蛮·回塘风起波纹细　　201
菩萨蛮·隔帘微雨双飞燕　　203
临江仙·莺报帘前暖日红　　205
酒泉子·秋月婵娟　　206
定风波·帘外烟和月满庭　　209
定风波·雁过秋空夜未央　　210

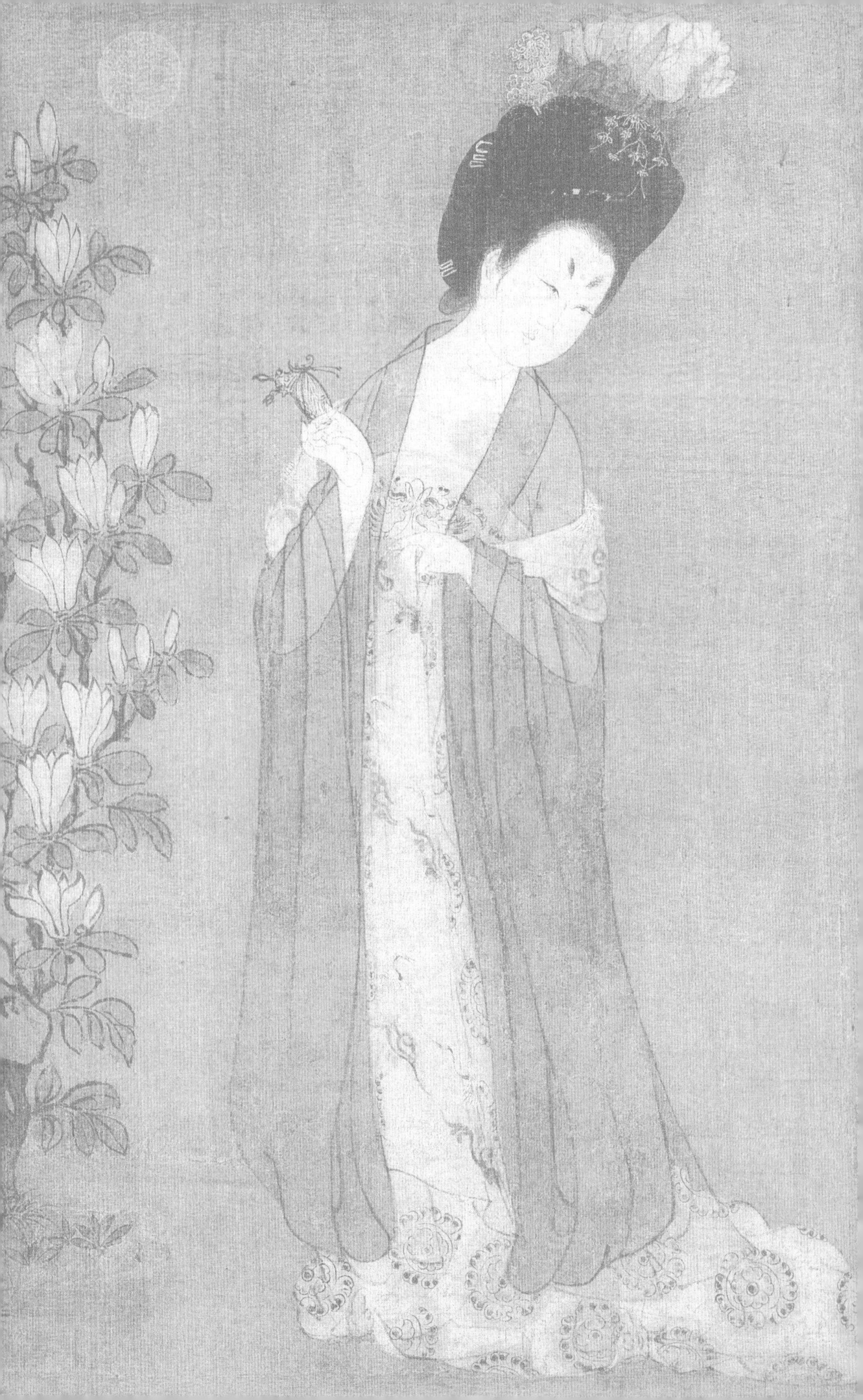

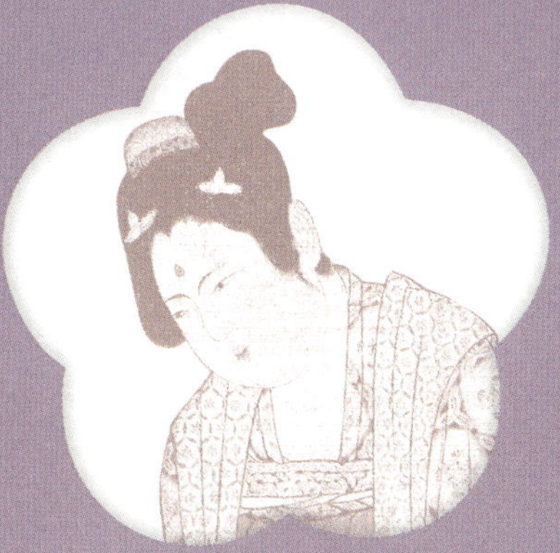

唐　周昉　簪花仕女图（局部）

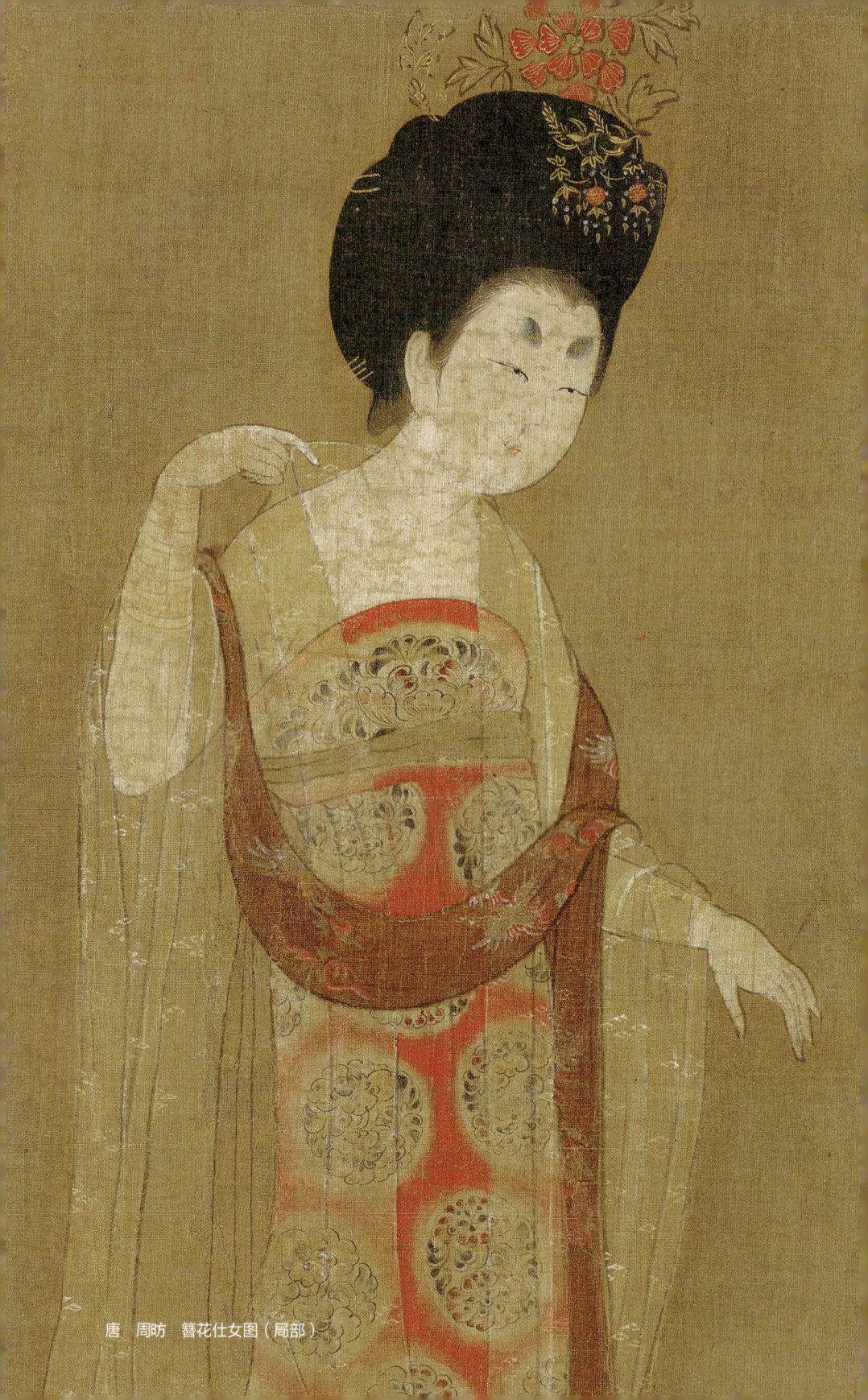

温庭筠

## 菩萨蛮·小山重叠金明灭

小山重叠金明灭,鬓云欲度香腮雪。
懒起画蛾眉①,弄妆梳洗迟。

照花前后镜,花面交相映。
新帖绣罗襦②,双双金鹧鸪③。

[注释]

① 蛾眉:唐代妇女画眉有短阔和细长两种。唐玄宗梅妃(江采萍)诗称"桂叶双眉久不描",唐李贺也一再说"新桂如蛾眉""添眉桂叶浓"。眉如桂叶,也应该是短阔之形。因与蛾类的触须的形状相似,故又称蛾眉。《簪花仕女图》中妇女均为此种眉式。
② 绣罗襦:绣有花纹的罗质上衣。唐白居易《秦中吟十首·议婚》:"红楼富家女,金缕绣罗襦。"
③ 鹧鸪(zhègū):鹧鸪鸟。《本草纲目·禽部》:"鹧鸪性畏霜露,早晚稀出,夜栖以木叶蔽身,多对啼,今俗谓其鸣约'行不得也哥哥'。"

温庭筠

## 菩萨蛮·水精帘里玻璃枕

水精①帘里玻璃枕②，暖香惹梦鸳鸯锦。
江上柳如烟，雁飞残月天。

藕丝秋色浅③，人胜④参差剪。
双鬓隔香红，玉钗头上风⑤。

[注释]

① 水精：水晶。
② 玻璃枕：又作颇黎枕。唐李白《玉阶怨》："却下水晶帘，玲珑望秋月。"
③ 藕丝秋色浅：指女子穿的藕丝色的衣裙，像秋日天空的颜色。唐元稹《白衣裳》："藕丝衫子藕丝裙。"
④ 人胜：指女子的头饰。南北朝梁宗懔《荆楚岁时记》："人日剪纸为胜，故称人胜。"古时正月初七为人日，妇女"剪彩为人，或镂金箔为人，以贴屏风，亦戴之头鬓"。
⑤ 风：指颤动。温庭筠《咏春幡》："玉钗风不定，香步独徘徊。"

唐　周昉　簪花仕女图（局部）

温庭筠

## 菩萨蛮·翠翘金缕双䴔䴖

翠翘①金缕②双䴔䴖③，水纹细起春池碧。
池上海棠梨，雨晴花满枝。

绣衫遮笑靥④，烟草粘飞蝶。
青琐⑤对芳菲，玉关音信稀。

[注释]

① 翠翘：古代妇女的首饰。形状像翠鸟尾上的长羽。《楚辞·招魂》："砥室翠翘，絓曲琼些。"白居易《长恨歌》："花钿委地无人收，翠翘金雀玉搔头。"
② 金缕：金线。这里指鸟毛。
③ 䴔䴖（xīchī）：又名紫鸳鸯。一种体形大于鸳鸯的水鸟，颜色多为紫色，像鸳鸯一样成双成对儿。常用来象征爱情忠贞。
④ 靥（yè）：酒窝。
⑤ 青琐：古代装饰帝王宫殿门窗的青色连环花纹。后泛指富贵之家。

唐　周昉　簪花仕女图（局部）

唐　周昉　簪花仕女图（局部）

## 菩萨蛮·杏花含露团香雪

温庭筠

杏花含露团香雪①,绿杨陌②上多离别。
灯在月胧明,觉来闻晓莺。

玉钩褰③翠幕,妆浅旧眉薄。
春梦正关情,镜中蝉鬓④轻。

[注释]

① 香雪:春天开的白花,常用来比喻杏花。唐刘兼《春夜》:"薄薄春云笼皓月,杏花满地堆香雪。"
② 陌:田间小路。白居易《听歌六绝句·离别难》:"绿杨陌上送行人。"
③ 褰:挂起。
④ 蝉鬓:古代女子的一种发式。出现于盛唐时期,即指把鬓边头发尽量往外梳,变成薄薄的一层,如蝉翼一般。白居易诗"蝉鬓鬅鬙(péngsēng)云满衣",将薄而透明的蝉鬓描写得很形象。

唐　周昉　簪花仕女图（局部）

温庭筠

## 菩萨蛮·玉楼明月长相忆

玉楼①明月长相忆，柳丝袅娜春无力。
门外草萋萋，送君闻马嘶。

画罗金翡翠，香烛②销③成泪。
花落子规④啼，绿窗⑤残梦迷。

[注释]

① 玉楼：指闺阁。李白《双燕离》："玉楼朱阁不独栖，金窗绣户长相见。"
② 香烛：古时制烛掺入香料，燃烧时就会产生香气，所以称为香烛。
③ 销：燃烧。
④ 子规：杜鹃鸟，又名蜀魂、催归。《埤雅·释鸟》："杜鹃，一名子规。苦啼，啼血不止。"唐杜甫《子规》："两边山木合，终日子规啼。"
⑤ 绿窗：绿色的纱窗。代指闺阁。白居易《秦中吟·议婚》："绿窗贫家女，寂寞二十余。"

唐　周昉　挥扇仕女图（局部）

## 菩萨蛮·雨晴夜合玲珑日

温庭筠

雨晴夜合玲珑日，万枝香袅红丝拂①。
闲梦忆金堂，满庭萱草②长。

绣帘垂簏簌③，眉黛远山④绿。
春水渡溪桥，凭栏魂欲消。

[注释]

① 红丝拂：成串红色的花骨朵，如红线般在空中飘浮。
② 萱草：传说为忘忧草。多年生百合科的草本植物。三国嵇康《养生论》："合欢蠲（juān）忿，萱草忘忧。"
③ 簏簌（lùsù）：窗帘穗，流苏。
④ 远山：远山眉。《西京杂记》卷二："（卓）文君姣好，眉色如望远山，脸际常若芙蓉。"后来说女子美眉为远山眉。

温庭筠

## 菩萨蛮·竹风轻动庭除冷

竹风轻动庭除冷,珠帘①月上玲珑影。
山枕隐浓妆,绿檀金凤凰。

两蛾愁黛浅,故国吴宫②远。
春恨③正关情,画楼残点声。

[注释]

① 珠帘:珍珠帘子。李白《怨情》:"月落珠帘卷,春深锦幕深。"
② 吴宫:吴国的宫殿。唐王维《西施咏》:西施"朝为越溪女,暮作吴宫妃"。指怀念家乡。
③ 春恨:因情感引发的怨恨。

唐　周昉　挥扇仕女图（局部）

唐 周昉 挥扇仕女图（局部）

温庭筠

## 更漏子·背江楼

背江楼，临海月，城上角①声呜咽。
堤柳动，岛烟昏，两行征雁分。

京口②路，归帆渡，正是芳菲欲度。
银烛尽，玉绳③低，一声村落鸡④。

[注释]

① 角：古代军队中发布号令的一种乐器。呜呜的声音很凄厉，所以诗中有时说"画角哀"，与这里说的"呜咽"相合。

② 京口：古城名。今江苏镇江。
③ 玉绳：星宿名。泛指群星。
④ 一声村落鸡：指村里的鸡开始唱晓。

唐　周昉　挥扇仕女图（局部）

温庭筠

## 更漏子·玉炉香

玉炉香,红蜡泪,偏照画堂秋思。
眉翠薄,鬓云残,夜长衾①枕寒。

梧桐树,三更雨,不道②离情正苦。
一叶叶③,一声声④,空阶⑤滴到明。

[注释]

① 衾(qīn):被子。
② 不道:不管。
③ 叶:梧桐叶。
④ 声:雨声。
⑤ 空阶:空荡荡、没人的台阶。

唐　周昉　挥扇仕女图（局部）

温庭筠

# 更漏子·柳丝长

柳丝长,春雨细,花外漏声迢递①。

惊塞雁,起城乌②,画屏③金鹧鸪。

香雾薄④,透帘幕,惆怅谢家池阁⑤。

红烛背,绣帘垂,梦长君不知。

[注释]

① 迢递:遥远的地方。
② 城乌:城头栖息的乌鸦。
③ 画屏:带有装饰花纹的屏风,多为女子居室内摆放。
④ 薄:同"迫",逼来。
⑤ 谢家池阁:诗人谢灵运为南朝望族,家有多处池塘、楼阁。后泛指富贵的宅院。

温庭筠

# 更漏子·相见稀

相见稀,相忆久,眉浅淡烟如柳。
垂翠幕①,结同心②,待郎熏绣衾。

城上月,白如雪,蝉鬓美人愁绝。
宫树暗,鹊桥横③,玉签④初报明。

[注释]

① 垂翠幕:放下绿色的帘帐。这里暗喻入夜时分。
② 结同心:同心结,表示夫妻恩爱。
③ 鹊桥:泛指银河。鹊桥横:指天要亮了。
④ 玉签:古代报时用的漏壶中的浮箭。这里指报更。

唐　周昉　挥扇仕女图（局部）

南宋　刘松年　天女献花图（局部）

温庭筠

## 河渎神·河上望丛祠

河上望丛祠①,庙前春雨来时。
楚山无限鸟飞迟②,兰桡③空伤别离。

何处杜鹃啼不歇?艳红④开尽如血。
蝉鬓美人愁绝,百花芳草佳节。

[注释]

① 丛祠:树丛中的仙女神庙。
② 迟:慢。衬托地域广阔。
③ 兰桡:通常指木兰舟,此处指精美的船。
④ 艳红:杜鹃花。

明 吴伟 歌舞图（局部）

温庭筠

遐方怨·凭绣槛

凭绣槛①,解罗帏。
未得君书,断肠,潇湘②春雁飞。

不知征马几时归?
海棠花谢也,雨霏霏③。

[注释]

① 绣槛:雕花的栏杆。槛:栏杆。唐王勃《滕王阁序》:"阁中帝子今何在?槛外长江空自流。"
② 潇湘:潇江和湘江两水流域一带。
③ 霏霏:连绵不断。《诗·小雅·采薇》:"今我来思,雨雪霏霏。"

明　陈洪绶　对镜仕女图（局部）

温庭筠

## 遐方怨·花半坼

花半坼<sup>①</sup>，雨初晴。
未卷珠帘，梦残，惆怅闻晓莺。

宿妆眉浅粉山<sup>②</sup>横<sup>③</sup>。
约鬟<sup>④</sup>鸾镜里，绣罗轻。

[注释]

① 坼（chè）：绽开。
② 粉山：指妆容下打底的白粉。
③ 横：指露出。
④ 约鬟：将头发束起来。 鬟：头发。

温庭筠

## 番女怨·万枝香雪开已遍

万枝香雪开已遍,细雨双燕。
钿蝉筝,金雀扇,画梁相见。
雁门消息不归来,又飞回。

清　余集　落花独立图（局部）

温庭筠

## 女冠子·含娇含笑

含娇含笑，宿翠残红窈窕①。
鬓如蝉，寒玉簪秋水，轻纱卷碧烟。

雪胸鸾镜里，琪树凤楼②前。
寄语青娥③伴，早求仙。

[注释]

① 窈窕：文静美丽的女子。《诗经·周南·关雎》："窈窕淑女，君子好逑。"
② 凤楼：指女子的居处。南朝梁江淹《征怨》："荡子从征久，凤楼箫管闲。"
③ 青娥：娇美的少女。

清　费丹旭　罗浮梦景图（局部）

温庭筠

## 玉蝴蝶·秋风凄切伤离

秋风凄切伤离,行客未归时。
塞外草先衰①,江南雁到迟。

芙蓉凋嫩脸,杨柳堕新眉。
摇落②使人悲,断肠谁得知。

[注释]

① 衰:枯黄。
② 摇落:零落、凋残。此处指秋天的萧瑟。

清　改琦　仕女图册（局部）

温庭筠

## 梦江南·梳洗罢

梳洗罢，独倚望江楼。

过尽千帆皆不是，斜晖脉脉水悠悠。

肠断白蘋洲①。

[注释]

① 白蘋：指白蘋花。古时分手时赠送的白色小花。 洲：水边的地方。 白蘋洲：指分手的地方。

清 费丹旭 弄蝶图（局部）

唐　张萱　虢国夫人游春图（局部）

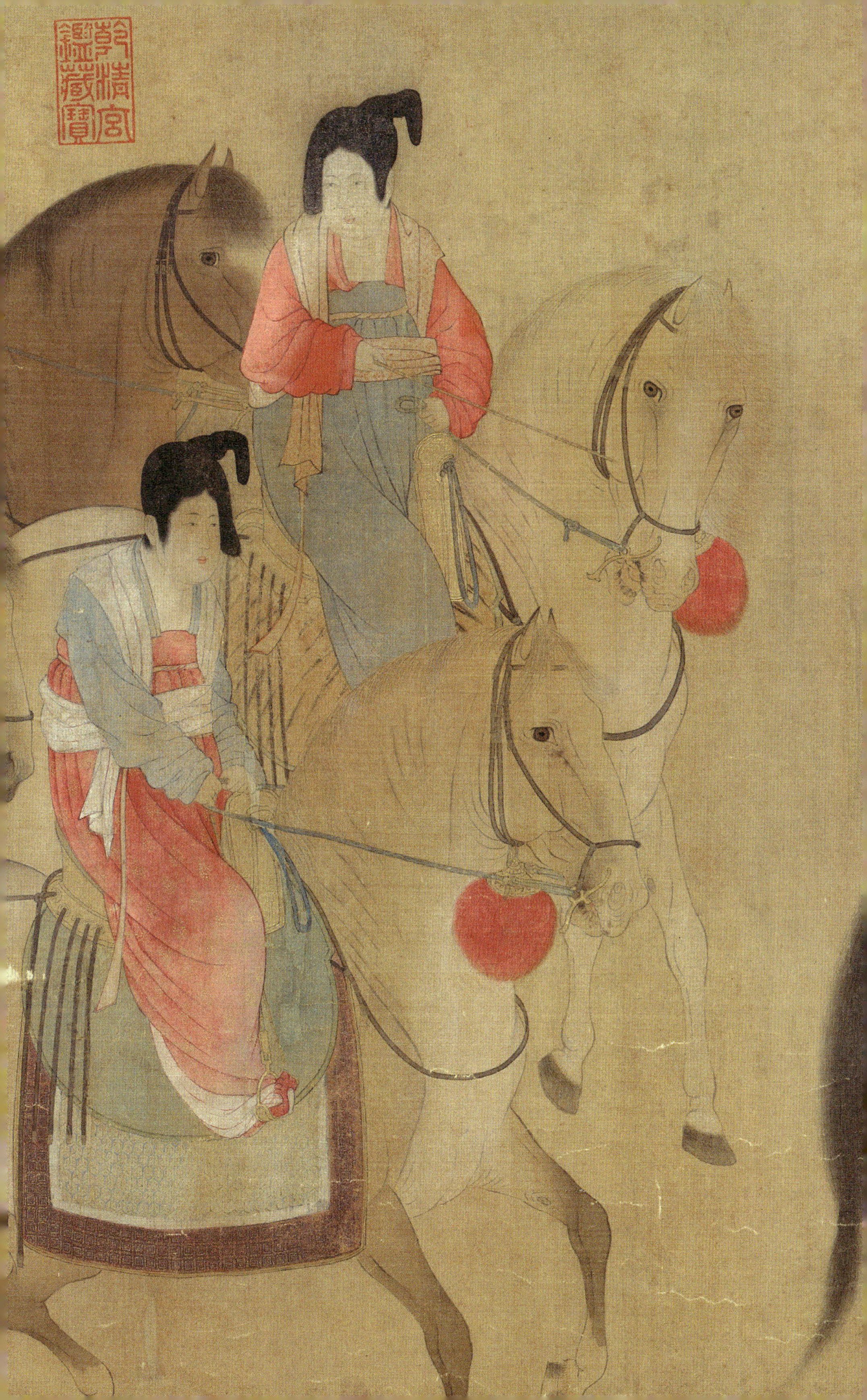
乾清宮鑑藏寶

五代　阮郜　阆苑女仙图（局部）

皇甫松

# 天仙子·晴野鹭鸶飞一只

晴野鹭鸶飞一只,水荭①花发秋江碧。刘郎②此日别天仙,登绮席,泪珠滴。十二晚峰③高历历。

[注释]

① 水荭:一种水草的名字。可食用。
② 刘郎:指刘晨。南朝宋刘义庆《幽明录》记载:东汉明帝永平五年,刘晨、阮肇到天台山采药迷路,在桃林巧遇两位仙女,仙女多情延请他们到家中做客。因为念家,二人半年后归,但家中子孙已历七代。
③ 十二晚峰:指巫山十二峰。隐喻巫山神女遇楚怀王的故事。

五代　阮郜　阆苑女仙图（局部）

皇甫松

## 天仙子·踯躅花开红照水

踯躅花①开红照水,鹧鸪飞绕青山觜②。行人③经岁始归来,千万里,错相倚。懊恼天仙应有以。

[注释]

① 踯躅(zhízhú)花:又称红踯躅、山石榴、映山红等。形状像杜鹃花,花为红色。

② 觜:同"嘴"。

③ 行人:此处指刘晨、阮肇二人。

清　吕彤　焦荫读书图（局部）

皇甫松

## 浪淘沙·蛮歌豆蔻北人愁

蛮歌豆蔻北人愁，
蒲雨杉风野艇秋。
浪起鹪䴖<sup>①</sup>眠不得，
寒沙细细入江流。

[注释]

① 鹪䴖（jiāojīng）：即池鹭。一种水鸟。头细身长，颈有白毛，头有红冠，能入水捕鱼。

明 佚名 春庭行乐图(局部)

皇甫松

## 杨柳枝·烂漫春归水国时

烂漫春归水国时，

吴王①宫殿柳丝垂。

黄莺长叫空闺畔，

西子②无因更得知。

[注释]

① 吴王：指吴王夫差。李白："至今惟有西江月，曾照吴王宫里人。"

② 西子：指西施。被献给吴王夫差，离开家乡。

明　张路　吹箫仕女图（局部）

皇甫松

## 梦江南·兰烬落

兰烬①落，屏上暗红蕉②。

闲梦江南梅熟日，夜船吹笛雨萧萧。

人语驿边桥。

[注释]

① 兰烬：指灯油（用泽兰子煎过的灯油）烧开。
② 暗红蕉：美人蕉变暗，看不清了。

五代 周文矩 宫中图（宋摹本）（局部）

皇甫松

## 梦江南·楼上寝

楼上寝，残月下帘旌。

梦见秣陵①惆怅事②，桃花柳絮满江城③。

双髻④坐吹笙。

[注释]

① 秣陵：今南京。
② 惆怅事：俞平伯解释："所写梦境本是美满的，醒后因旧欢不能再遇，就变为惆怅了。用'惆怅事'一语点明梦境，又可包括其他情事，明了而又含蓄。"
③ 江城：指江城秣陵。
④ 双髻：梳着双髻。指少女。

清　任颐　柳溪迎春图（局部）

皇甫松

# 采莲子·菡萏香连十顷陂

菡萏①香连十顷陂②（举棹），
小姑③贪戏采莲迟（年少）。
晚来弄水船头湿（举棹），
更脱红裙裹鸭儿（年少④）。

[注释]

① 菡萏（hàndàn）：指荷花。《诗经·陈风·泽陂》："彼泽之陂，有蒲菡萏。"朱熹注："菡萏，荷华也。"郑玄笺："未开曰菡萏，已开曰芙蕖。"
② 陂（bēi）：池。
③ 小姑：指未出嫁的女子。
④ "举棹""年少"：是歌中的和声，没有实际意思。相当于现在唱号子时的嘿嗬、哟嗬。刘永济《唐五代两宋词简析》中："此二首中之'举棹''年少'，皆和声也。采莲时，女伴甚多，一人唱'菡萏香莲十顷陂'一句，余人齐唱'举棹'和之。"

清　焦秉贞　仕女图册之二（局部）

# 采莲子·船动湖光滟滟秋

皇甫松

船动湖光滟滟[①]秋（举棹），
贪看年少信船流（年少）。
无端隔水抛莲子[②]（举棹），
遥被人知半日羞（年少）。

[注释]
① 滟滟（yànyàn）：指水波相连，波光闪动。
② 莲子：双关谐音"怜子"。有怜爱之意。

明　仇英　汉宫春晓图（局部）

韦庄

## 菩萨蛮·红楼别夜堪惆怅

红楼<sup>①</sup>别夜堪惆怅，香灯半卷流苏帐。
残月出门时，美人和泪辞。

琵琶金翠羽<sup>②</sup>，弦上黄莺语。
劝我早还家，绿窗人似花。

[注释]

① 红楼：华丽的楼阁。此处指富家女的闺阁。
② 金翠羽：此处指嵌金点翠的捍拨，琵琶拨弦的用具。

韦庄

## 菩萨蛮·人人尽说江南好

人人尽说江南好,游人只合江南老。
春水碧于天①,画船听雨眠。

垆边②人似月,皓腕凝霜雪。
未老莫还乡,还乡须断肠。

[注释]

① 碧于天:与天色一样碧绿。白居易《忆江南》:"春来江水绿如蓝。"北宋范仲淹《岳阳楼记》:"上下天光,一碧万顷。"
② 垆边:泛指酒家。垆:通"炉"。旧时用土垒成的四边高起,放置酒瓮卖酒的地方。这里用的是"文君当垆"的典故,常用作饮酒或爱情。唐李商隐《杜工部蜀中离席》诗:"美酒成都堪送老,当垆仍是卓文君。"南宋陆游《寺楼月夜醉中戏作》:"此酒定从何处得,判知不是文君垆。"

明　仇英　汉宫春晓图（局部）

韦庄

## 菩萨蛮·如今却忆江南乐

如今却忆江南乐,当时年少春衫薄。
骑马倚斜桥,满楼红袖①招。

翠屏金屈曲②,醉入花丛③宿。
此度见花枝④,白头誓不归。

[注释]

① 红袖:此处指妓女。
② 屈曲:又名"屈膝"。指屏风可活动的铰链环扣。南朝梁简文帝《乌栖曲四首》:"织成屏风金屈膝。"
③ 花丛:指歌楼妓馆。
④ 花枝:代指心爱的女子。

明　仇英　汉宫春晓图（局部）

明　仇英　汉宫春晓图（局部）

韦庄

# 清平乐·野花芳草

野花芳草，寂寞关山[①]道。

柳吐金丝莺语早，惆怅香闺暗老。

罗带[②]悔结同心，独凭朱栏思深。

梦觉半床斜月，小窗风触鸣琴。

[注释]

① 关山：关隘峻岭。
② 罗带：指锦带。

明 仇英 汉宫春晓图（局部）

韦庄

## 荷叶杯·记得那年花下

记得那年花下,深夜,初识谢娘①时。水堂西面画帘垂,携手暗相期。

惆怅晓莺残月,相别,从此隔音尘②。如今俱是异乡人,相见更无因。

[注释]
① 谢娘:指晋王凝的妻子谢道韫。有才。后人以"谢娘"代指才女、佳人。
② 隔音尘:音信全无。

明　仇英　汉宫春晓图（局部）

韦庄

## 浣溪沙·惆怅梦余山月斜

惆怅梦余山月斜,孤灯照壁背窗纱。小楼高阁谢娘家。

暗想玉容何所似,一枝春雪冻梅花。满身香雾簇朝霞。

韦庄

# 浣溪沙·夜夜相思更漏残

夜夜相思更漏残,伤心明月凭栏干。想君思我锦衾寒。

咫尺画堂深似海,忆来惟把旧书看。几时携手入长安。

明　仇英　汉宫春晓图（局部）

明 仇英 汉宫春晓图（局部）

韦庄

## 归国遥·春欲暮

春欲暮,满地落花红带雨。

惆怅玉笼鹦鹉,单栖无伴侣。

南望去程何许?问花花不语。

早晚得同归去,恨无双翠羽①。

[注释]

① 翠羽:指青鸟。《艺文类聚》引《汉武故事》:"七月七日,上于承华殿斋,日正中。忽有一青鸟从西方来集殿前。上问东方朔,朔对曰:'西王母暮必降尊像,上宜洒扫以待之。'是夜漏七刻,空中无云,隐如雷声,竟天紫色,有顷,王母至。有二青鸟如乌,夹侍母旁。"此后,诗文中常以青鸟为传信之鸟。

明　仇英　汉宫春晓图（局部）

## 归国遥·春欲晚

韦庄

春欲晚,戏蝶游蜂花烂漫。
日落谢家池馆①,柳丝金缕②断。

睡觉绿鬟风乱,画屏云雨③散。
闲倚博山④长叹,泪流沾皓腕。

[注释]

① 谢家池馆:指佳人住的地方。
② 金缕:金线。这里形容柳条细嫩柔软。
③ 云雨:指男女欢合。指楚怀王梦中遇到巫山神女的故事。战国宋玉《高唐赋序》:"昔者楚襄王与宋玉游于云梦之台,望高唐之观。其上独有云气,崒兮直上,忽兮改容,须臾之间,变化无穷。王问玉曰:'此何气也?'玉对曰:'所谓朝云者也。'王曰:'何谓朝云?'玉曰:'昔者先王游于高唐,怠而昼寝。梦见一妇人曰:妾巫山之女也,为高唐之客,闻君游高唐,愿荐枕席。王因而幸之。去而辞曰:妾在巫山之阳,高丘之岨,旦为朝云,暮为行雨,朝朝暮暮,阳台之下。'"后与巫山、高唐、阳台等同为男女欢合之意。
④ 博山:博山炉。指香炉。

# 薛昭蕴

## 浣溪沙·红蓼渡头秋正雨

红蓼①渡头秋正雨，印沙鸥迹自成行。
整鬟飘袖野风香。

不语含颦深浦②里，几回愁煞棹船郎。
燕归帆尽③水茫茫。

[注释]

① 红蓼：一种水生植物，秋天开红色小花。
② 浦：水滨。
③ 燕归、帆尽：均是表明天色已晚。同时暗示期盼的人还是未归。

清　陈字　竹荫铅絮图（局部）

薛昭蕴

## 浣溪沙·粉上依稀有泪痕

粉上依稀有泪痕,郡庭花落欲黄昏。
远情深恨与谁论。

记得去年寒食①日,延秋门②外卓③金轮④。
日斜人散暗销魂。

[注释]

① 寒食:清明前一天为寒食。
② 延秋门:唐代宫廷门。
③ 卓:立。
④ 金轮:车轮。代指豪华的车。

元　周朗　杜秋图卷（局部）

明 仇英 女乐图（局部）

## 薛昭蕴

## 浣溪沙·倾国倾城恨有余

倾国倾城①恨有余，几多红泪泣姑苏②。
倚风凝睇③雪肌肤④。

吴主山河空落日，越王宫殿半平芜⑤。
藕花菱蔓满重湖。

[注释]

① 倾国倾城：指绝色佳人。此处指西施。
② 姑苏：山名。今苏州西南，山上有古姑苏台。据《吴越春秋》载：越王勾践进献倾国倾城的美人西施于吴王夫差。吴王为西施筑姑苏台。
③ 凝睇（dì）：凝视、注视。
④ 雪肌肤：细滑、白嫩如雪般的肌肤。《庄子·逍遥游》："肌肤若冰雪。"
⑤ 平芜：杂草丛生的原野。江淹《去故乡赋》："穷阴匝海，平芜带天。"

薛昭蕴

## 浣溪沙·越女淘金春水上

越女淘金春水上,步摇①云鬓珮②鸣珰③。渚④风江草又清香。

不为远山凝翠黛,只应含恨向斜阳。碧桃花谢忆刘郎⑤。

[注释]

① 步摇:古代女子头上戴的首饰。随步摇动,故称步摇。《释名·释首饰》:"步摇,上有垂珠,步则摇也。"白居易《长恨歌》:"云鬓花颜金步摇,芙蓉帐暖度春宵。"
② 珮:同"佩"。玉佩。
③ 珰:古代女子戴在耳朵上的饰品。《古诗为焦仲卿妻作》:"腰若流纨素,耳着明月珰。"
④ 渚(zhǔ):水中的小洲。
⑤ 刘郎:刘晨。这里代指钟爱的男子。

康熙庚寅冬十月廣陵禹之鼎繪

清 禹之鼎 雙英圖（局部）

元　钱选　杨贵妃上马图（局部）

薛昭蕴

## 离别难·宝马晓鞴雕鞍

宝马晓鞴雕鞍①,罗帏②乍别情难。

那堪春景媚,送君千万里,半妆珠翠落,露华寒。

红蜡烛,青丝③曲,偏能钩引泪阑干④。

良夜促,香尘绿,魂欲迷。檀眉半敛愁低。

未别,心先咽,欲语情难说出,芳草路东西。

摇袖立,春风急,樱花杨柳雨凄凄。

[注释]

① 鞴(bèi)雕鞍:给马配上鞍辔。　　③ 青丝:琴弦。
② 罗帏:此处指闺阁。　　　　　　　④ 泪阑干:眼泪纵横。

紫瓊瓏瓏音繞指簫冷佳林露華洗臨風宛轉
曲下成雲外瀟湘隔秋水薄羅單衫杏子紅淋
身花霧香朦朧幽情如許彷彿空中下鳳波
吟龍俗耳箏琶湯喧咽不須驚管調銀葉人間
何羨有飛瓊十二瑤臺自明月昭華班班凝若
血一聲吹徹雲峯裂
臣于敏中

元 趙孟頫 吹簫侍女圖（局部）

薛昭蕴

## 小重山·春到长门春草青

春到长门①春草青②，玉阶华露滴，月胧明。
东风吹断紫箫③声，宫漏促，帘外晓啼莺。

愁极梦难成，红妆流宿泪，不胜情。
手挼④裙带绕花行，思君切，罗幌暗尘生。

[注释]

① 长门：指长门宫，汉宫殿名。汉武帝时陈皇后因妒失宠，被打入长门宫。西汉司马相如《长门赋序》："孝武皇帝陈皇后，时得幸，颇妒。别在长门宫，愁闷悲思。"指女子失意孤单的住所。
② 春草青：指春天草木茂盛。《楚辞·招隐士》："王孙游兮不归，春草生兮萋萋"。
③ 紫箫：指箫。一种中国古老的吹奏乐器。竹子制成的箫，历久变成了深紫色，又谓紫箫。
④ 挼（ruó）：揉。

宋　苏汉臣　妆靓仕女图（局部）

薛昭蕴

## 小重山·秋到长门秋草黄

秋到长门秋草黄，画梁双燕去①，出宫墙。
玉箫无复理霓裳②，金蝉③坠，鸾镜掩休妆。

忆昔在昭阳④，舞衣红绶带，绣鸳鸯。
至今犹惹御炉香，魂梦断，愁听漏更长。

[注释]

① 双燕去：燕子双双飞走了。指秋天燕子南飞。
② 霓裳：指霓裳羽衣曲。唐代宫廷乐舞。杨玉环因善跳此舞而受宠。
③ 金蝉：古时的一种首饰。韩偓《春闷偶成》："醉后金蝉重，欢余玉燕歌。"
④ 昭阳：汉宫殿名。指女子受宠时的住所。昭阳宫住着汉成帝宠爱的赵飞燕、赵合德姐妹。

唐　张萱　捣练图（局部）

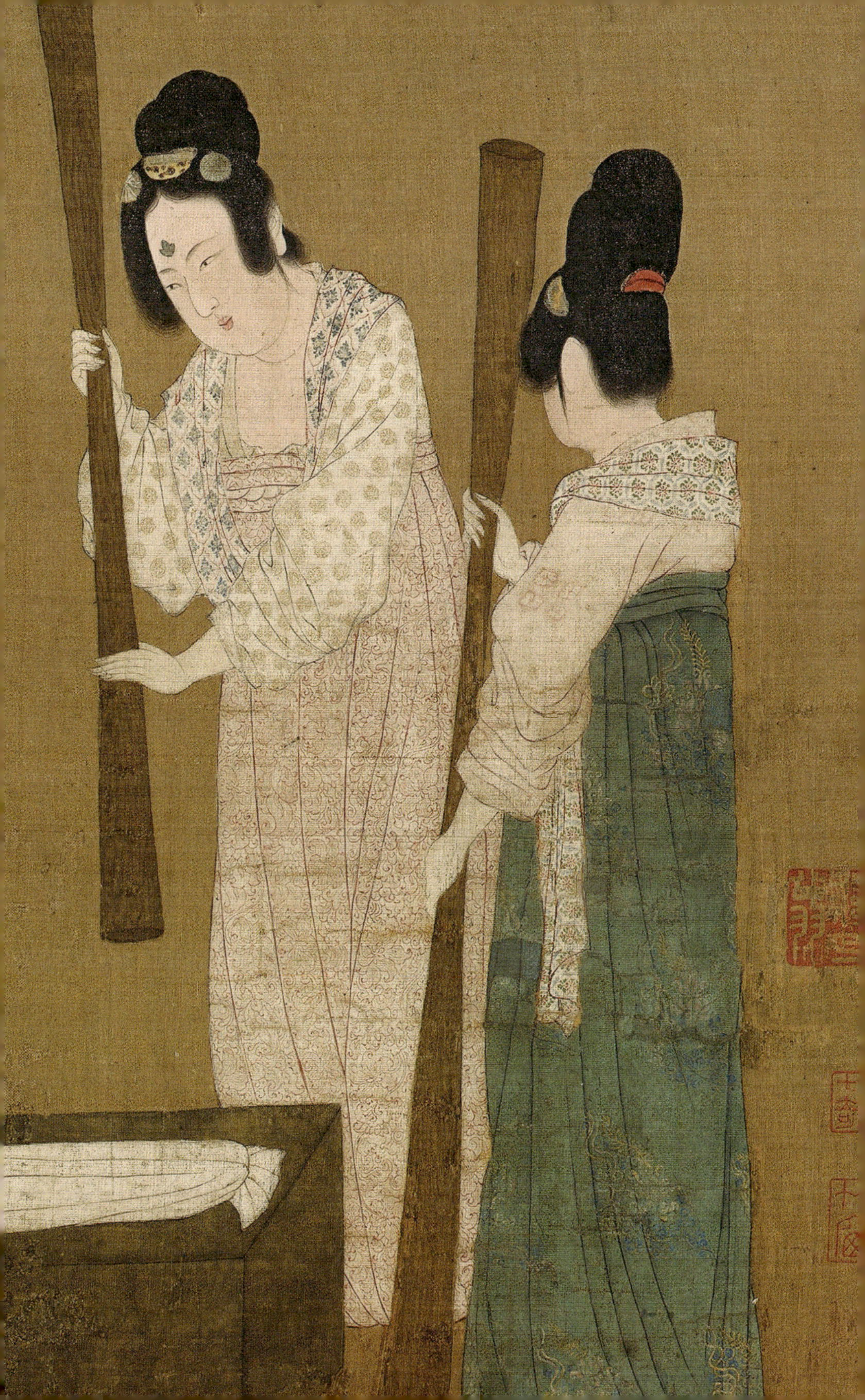

君王宴
年闌綵
巾命宮妓
尋花槥以
丹芙而主之
竹後想搖

明 唐寅 王蜀宮妓圖（局部）

牛峤

## 女冠子·绿云高髻

绿云高髻，点翠匀红①时世②。

月如眉。

浅笑含双靥，低声唱小词。

眼看唯恐化，魂荡欲相随。

玉趾回娇步，约佳期。

[注释]

① 点翠匀红：描写当时一种时髦的妆饰。点翠：点翠眉。晋陆机诗"蛾眉象翠翰"，梁费昶"双眉本翠色"，到了唐仍然有此风俗。唐万楚诗"眉黛夺将萱草色"，唐卢纶诗"深遏朱弦低翠眉"。晚唐五代韩偓《㠫绫手帛子》诗"黛眉印在微微绿"，意思是手帕上由于擦眉而留下淡淡绿色。这些均可证，点翠就是在眉上施绿色。 匀红：脸部敷红色胭脂。

② 时世：入时，时髦。

清　陈枚　月曼清游图册之一（局部）

牛峤

## 梦江南·衔泥燕

衔泥燕,飞到画堂前。
占得杏梁安稳处,体轻唯有主人怜。
堪羡好因缘。

清　任颐　玉楼仕女图（局部）

牛峤

## 菩萨蛮·玉钗风动春幡急

玉钗风动春幡①急，交枝红杏笼烟泣。
楼上望卿卿②，窗寒新雨晴。

熏炉蒙翠被，绣帐鸳鸯睡。
何处有相知，羡他初画眉③。

[注释]

① 春幡：指立春竖的彩旗。幡：彩旗。《岁时风土记》："立春之日，士大夫之家，剪彩为小幡，谓之春幡。或悬于家人之头，或缀于花枝之下。"

② 卿卿：指心爱的男子。

③ 画眉：指汉代张敞为妇画眉。后指夫妻恩爱。

清　费丹旭　昭君出塞图（局部）

牛峤

## 感恩多·自从南浦别

自从南浦①别，愁见丁香结②。

近来情转深，忆鸳衾。

几度将书托烟雁，泪盈襟。

泪盈襟，礼月求天③，愿君知我心。

[注释]

① 南浦：南边的水边。后指送别之地。
② 丁香结：古人发现丁香的结（花苞）与人的愁心相似，所以常以此表示愁思郁结。
③ 礼月求天：拜月，祈求上天保佑。

明　佚名　仕女图（局部）

## 玉楼春·春入横塘摇浅浪

牛峤

春入横塘①摇浅浪,花落小园空惆怅。
此情谁信为狂夫②,恨翠愁红③流枕上。

小玉④窗前嗔燕语,红泪滴穿金线缕。
雁归不见报郎归,织成锦字⑤封过与⑥。

[注释]

① 横塘:古地名。今江苏南京西南。泛指水塘。
② 狂夫:狂放不羁的人。古代女子对夫君的谦称。南北朝何思澄《南苑逢美人诗》:"自有狂夫在。"
③ 愁红:指眼泪。
④ 小玉:唐代霍小玉遭丈夫遗弃。此处指思念丈夫的女子。
⑤ 锦字:锦字书。指写给丈夫的信笺。《晋书·列女传》:"窦涛妻苏氏,始平人也,名蕙,字若兰,善属文。滔,苻坚时为秦州刺史,被徙流沙。苏氏思之,织锦为回文旋图诗以赠滔。宛转循环以读之,词甚凄婉。"李白《久别离》:"况有锦字书,开缄使人嗟。"
⑥ 封过与:封好信给他寄过去。

明　佚名　仕女图（局部）

## 浣溪沙·依约残眉理旧黄

张泌

依约残眉理旧黄①,翠鬟抛掷一簪长②。
暖风晴日罢朝妆③。

闲折海棠看又捻④,玉纤无力惹余香。
此情谁会倚斜阳?

[注释]

① 旧黄:面部残存的额黄。
② 翠鬟抛掷一簪长:翠鬟散乱,玉簪下坠挂于发际。
③ 罢朝妆:早上不肯梳妆打扮。
④ 捻(niǎn):用手指揉搓。

清　焦秉贞　仕女图册（局部）

## 浣溪沙·偏戴花冠白玉簪

张泌

偏戴花冠白玉簪,睡容新起意沉吟。翠钿金缕镇眉心。

小槛日斜风悄悄,隔帘零落杏花阴。断香轻碧锁愁深。

余少時閱趙魏公所畫湘君湘夫人
極高古启田先生命余臨之余謝不敢

明 文徵明 湘君湘夫人圖（局部）

张泌

# 临江仙·烟收湘渚秋江静

烟收湘渚秋江静，蕉花露泣愁红。

五云①双鹤去无踪。

几回魂断，凝望向长空。

翠竹②暗留珠泪怨，闲调宝瑟③波中。

花鬟月鬓绿云重。

古祠④深殿，香冷雨和风。

[注释]

① 五云：青、白、赤、黑、黄，五色祥云。"五云双鹤"皆为仙人所乘之物。
② 翠竹：这里用湘妃的典故。汉刘向《列女传》："尧之二女，舜之二妃，曰湘夫人。帝崩，二妃啼，以涕挥竹，尽斑。"故为湘妃竹或斑竹。
③ 宝瑟：瑟的美称。唐骆宾王《帝京篇》："翠幌竹帘不独映，清歌宝瑟自相依。"
④ 古祠：指湘妃祠。

清 费丹旭 月下吹箫图(局部)

张泌

## 河传·渺莽云水

渺莽云水,惆怅暮帆,去程迢递。
夕阳芳草,千里万里,雁声无限起。

梦魂悄断烟波里,心如醉,相见何处是?
锦屏香冷无睡,被头多少泪。

明 仇英 南华秋水（局部）

张泌

## 江城子·浣花溪上见卿卿

浣花溪<sup>①</sup>上见卿卿，眼波明，黛眉轻。

绿云高绾，金簇小蜻蜓<sup>②</sup>。

好是问他来得么？

和笑道：莫多情。

[注释]

① 浣花溪：在四川成都，又称百花潭。每年四月十九日为浣花日，蜀人多在此处宴游。唐代名妓薛涛住在溪旁，以溪水造"浣花笺"。

② 金簇小蜻蜓：金缕扎成的小蜻蜓首饰。

张泌

## 生查子·相见稀

相见稀，喜相见，相见还相远。
檀画荔枝红，金蔓蜻蜓软。

鱼雁①疏，芳信断，花落庭阴晚。
可惜玉肌肤，消瘦成慵懒。

[注释]

① 鱼雁：指书信。鱼、雁皆为传书之物，后借鱼、借雁而传书信，有传情书之意。

清　陈字　扑蝶仕女图（局部）

明　唐寅　吹箫仕女图（局部）

## 虞美人·宝檀金缕鸳鸯枕

毛文锡

宝檀①金缕鸳鸯枕,绶带盘宫锦。

夕阳低映小窗明,南园绿树语莺莺。

梦难成。

玉炉香暖频添炷,满地飘轻絮。

珠帘不卷度沉烟②,庭前闲立画③秋千。

艳阳天。

[注释]

① 宝檀:珍贵的檀木颜色。此处指浅绛色。
② 度沉烟:指居室内弥漫着沉香的香气。
③ 画:停止,静立。《论语·雍也》:"子曰:'力不足者,中道而废。今女画。'"何晏集解引孔安国曰:"画,止也……自女自止耳,非力极。"

宋　佚名　盥手观花图（局部）

毛文锡

## 更漏子·春夜阑

春夜阑,春恨切,花外子规啼月。
人不见,梦难凭,红纱一点灯。

偏怨别,是芳节,庭下丁香千结。
宵雾散,晓霞辉,梁间双燕飞。

清　任颐　春水照影图（局部）

毛文锡

## 醉花间·休相问

休相问,怕相问,相问还添恨。
春水满塘生,鸂鶒还相趁①。

昨夜雨霏霏,临明寒一阵。
偏忆戍楼②人,久绝边庭信。

[注释]

① 相趁:亲密逐戏。
② 楼:楼兰。

清　费丹旭　夜悄波明图（局部）

## 应天长·平江波暖鸳鸯语

毛文锡

平江波暖鸳鸯语,两两钓船归极浦。
芦洲一夜风和雨,飞起浅沙翘雪鹭。

渔灯明远渚,兰棹今宵何处?
罗袂从风轻举,愁杀采莲女。

晋　顾恺之　洛神赋图（局部）

## 临江仙·素洛春光潋滟平

牛希济

素洛<sup>①</sup>春光潋滟平，千重媚脸初生。
凌波<sup>②</sup>罗袜势轻轻。
烟笼日照，珠翠半分明。

风引宝衣疑欲舞，鸾回凤翥<sup>③</sup>堪惊。
也知心许<sup>④</sup>恐无成<sup>⑤</sup>。
陈王<sup>⑥</sup>辞赋<sup>⑦</sup>，千载有声名。

[注释]

① 素洛：清澈的洛水。
② 凌波：脚步轻盈。三国曹植《洛神赋》："凌波微步，罗袜生尘。"
③ 鸾回凤翥（zhù）：鸾鸟盘旋，凤凰飞翔。
④ 心许：心愿。
⑤ 恐无成：恐怕成不了，指追慕洛神之事。
⑥ 陈王：指陈思王，即曹植。
⑦ 辞赋：指《洛神赋》。曹植入朝回封地途经洛水，有感而作。《洛神赋·序》："黄初三年，余朝京师，归济洛川。古人有言，斯水之神名曰宓妃。感宋玉对楚王说神女之事，遂作斯赋。"

晋　顾恺之　洛神赋图（局部）

## 临江仙·柳带摇风汉水滨

牛希济

柳带摇风汉水①滨，平芜两岸争匀。

鸳鸯对浴浪痕新。

弄珠游女②，微笑自含春。

轻步暗移蝉鬓动，罗裙风惹轻尘。

水精宫殿岂无因。

空劳③纤手，解佩赠情人④。

[注释]

① 汉水：汉江。长江最长的支流。
② 弄珠游女：佩戴珠子的女子。指弄珠神女。《列仙女》中江妃二女楚地逢郑交甫，解佩赠之。
③ 空劳：神女与人不可婚配，故曰空劳。
④ 情人：神女喜爱的郑交甫。

晋　顾恺之　洛神赋图（局部）

牛希济

## 生查子·春山烟欲收

春山烟欲收,天淡稀星小。
残月脸边明,别泪临清晓。

语已多,情未了,回首犹重道:
记得绿罗裙,处处怜芳草。

晋　顾恺之　洛神赋图（局部）

## 牛希济

## 中兴乐·池塘暖碧浸晴晖

池塘暖碧浸晴晖,濛濛柳絮轻飞。

红蕊凋来,醉梦还稀。

春云空有雁归①,珠帘垂。

东风寂寞,恨郎抛掷,泪湿罗衣。

[注释]

① 空有雁归:暗指没有书信寄回。

明 仇英 贵妃晓妆（局部）

**欧阳炯**

## 浣溪沙·相见休言有泪珠

相见休言有泪珠,酒阑重得叙欢娱。凤屏鸳枕宿金铺。

兰麝细香闻喘息,绮罗纤缕见肌肤。此时还恨薄情无?

明　仇英　贵妃晓妆（局部）

## 献衷心·见好花颜色

欧阳炯

见好花颜色,争笑①东风。双脸上,晚妆同②。

闭小楼深阁,春景重重。

三五夜③,偏有恨,月明中。

情未已,信曾通,满衣犹自染檀红。

恨不如双燕,飞舞帘栊④。

春欲暮,残絮尽,柳条空。

[注释]

① 争笑:争相开放。
② 晚妆同:晚上的妆容与花一样明艳。
③ 三五夜:十五月圆夜。
④ 帘栊:此处指闺阁。

清　崔镨　秋闺思妇图（局部）

## 欧阳炯

## 贺明朝·忆昔花间初识面

忆昔花间初识面，红袖半遮，妆脸轻转。
石榴裙带，故将纤纤玉指偷捻，双凤金线①。

碧梧桐锁深深院，谁料得两情，何日教缱绻。
羡春来双燕，飞到玉楼，朝暮相见。

[注释]

① 双凤金线：金线绣的成双成对的凤凰。

清　王树谷　朝北缓步图（局部）

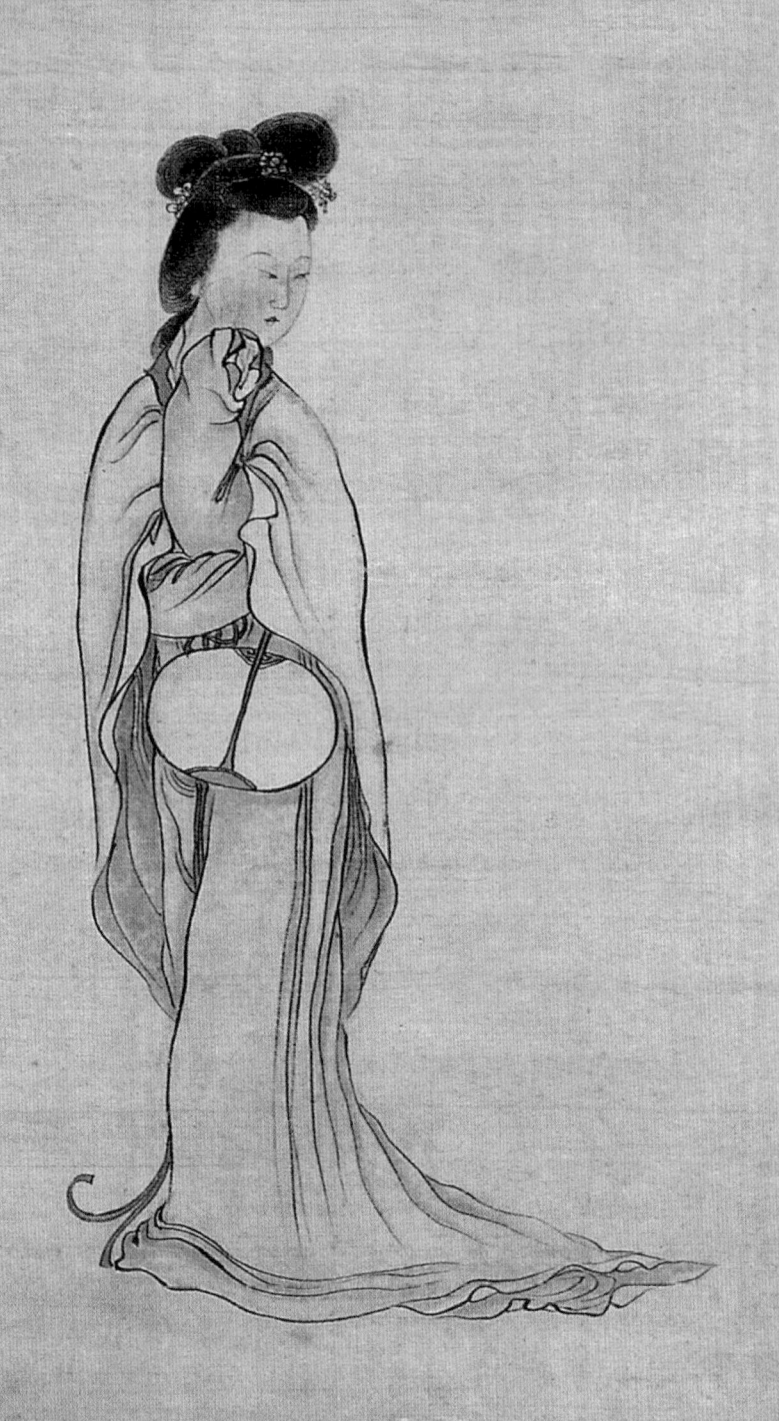

## 欧阳炯

## 贺明朝·忆昔花间相见后

忆昔花间相见后,只凭纤手,暗抛红豆。
人前不解,巧传心事,别来依旧,辜负春昼。

碧罗衣上蹙金绣[①],睹对对鸳鸯,空裛泪痕透。
想韶颜[②]非久,终是为伊,只恁偷瘦。

[注释]

① 蹙金绣:拈金。刺绣的一种。指拈紧金线,绣出褶皱的一种刺绣方法。
② 韶颜:年轻的容颜。

清　改琦　靓妆倚石图（局部）

## 欧阳炯

## 凤楼春·凤髻绿云丛

凤髻绿云丛,深掩房栊①。

锦书通,梦中相见觉来慵。

匀面泪脸珠融。

因想玉郎何处去,对淑景②谁同?

小楼中,春思无穷。

倚栏颙望③,暗牵愁绪,柳花飞起东风。

斜日照帘,罗幌香冷粉屏空。

海棠零落,莺语残红。

[注释]

① 房栊:此处指窗棂。
② 淑景:春天的美景。
③ 颙(yóng)望:举目凝望。

五代　顾闳中　韩熙载夜宴图（局部）

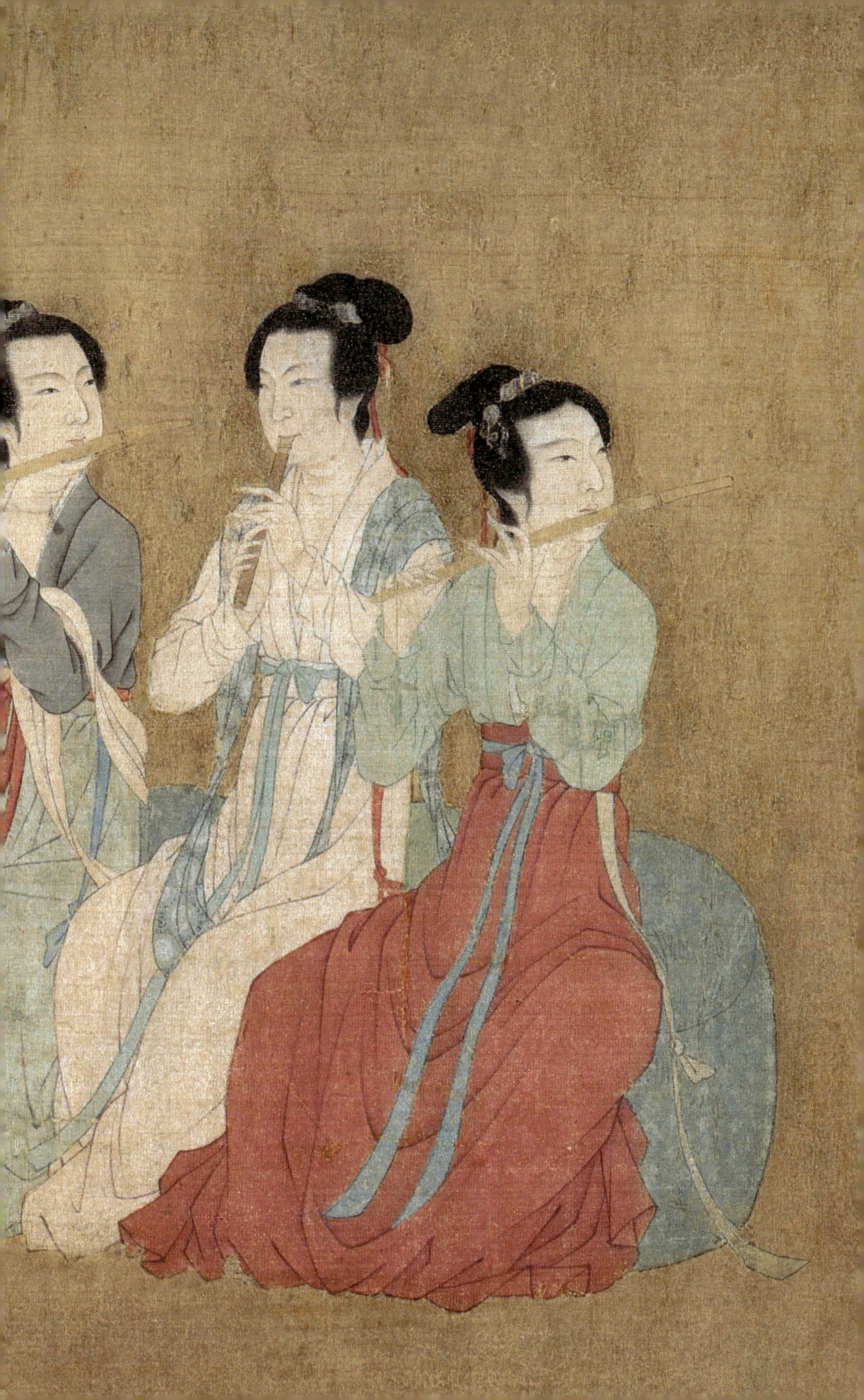

和凝

## 临江仙·披袍窣地红宫锦

披袍窣地①红宫锦，莺语时啭②轻音。
碧罗冠子稳犀簪，凤凰双飐③步摇金。

肌骨细匀红玉软④，脸波微送春心。
娇羞不肯入鸾衾，兰膏⑤光里两情深。

[注释]

① 窣地：拂地，垂到地上。韦庄《清平乐》："窣地罗衣金缕。"
② 啭（zhuàn）：婉转地鸣叫。
③ 飐（zhǎn）：颤动，摇动。
④ 红玉软：肤色红润柔美。《西京杂记》："赵飞燕与女弟昭仪，皆色如红玉，为当时第一，并宠后宫。"
⑤ 兰膏：泽兰子炼制的油脂(灯)。《楚辞·招魂》："兰膏明烛，华镫错些。"

明　陈洪绶　仕女图（局部）

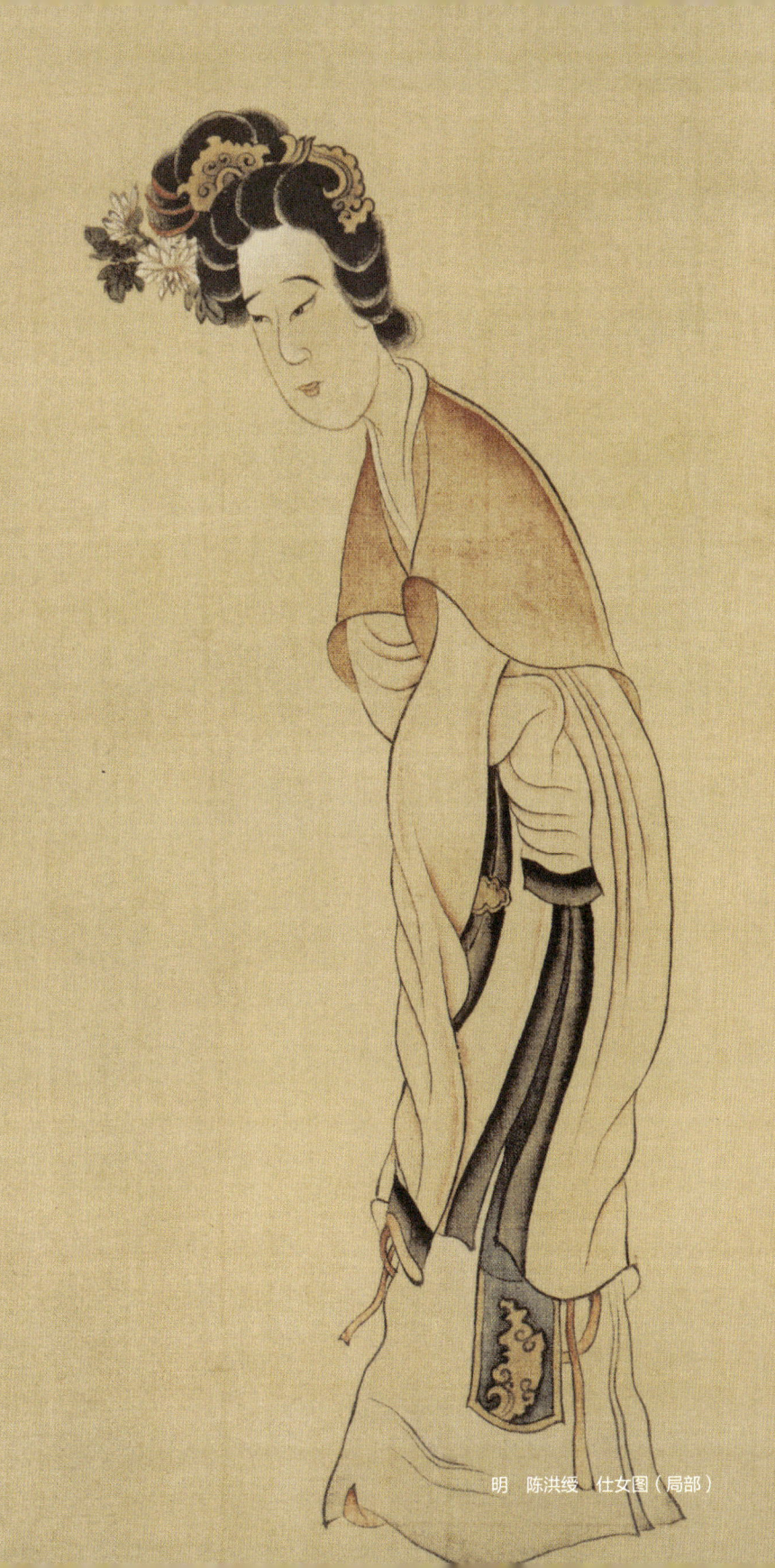

和凝

# 天仙子·洞口春红飞蔌蔌

洞口①春红飞蔌蔌②,仙子含愁眉黛绿。阮郎③何事不归来,懒烧金④,慵篆玉⑤,流水桃花空断续。

[注释]

① 洞口:桃花洞。指刘晨、阮肇在天台上桃林遇到仙女的地方。
② 蔌蔌(sùsù):花落的样子。
③ 阮郎:阮肇。此处代指情郎。
④ 烧金:焚香。 金:指香炉。
⑤ 篆玉:原意指盘香烧过后如篆文形状。此处指焚香。

清　任熊　瑶宫秋扇图（局部）

明　陈洪绶　斜倚熏笼图（局部）

和凝

# 采桑子·蚰蛴领上诃梨子

蚰蛴①领上诃梨子②,绣带双垂。椒户③闲时,竞学樗蒲④赌荔枝。

丛头鞋子⑤红编细⑥,裙窣⑦金丝。无事颦眉,春思翻教⑧阿母疑。

[注释]

① 蚰蛴(qiúqí):天牛的幼虫,体白身长,常用来形容美人颈。《诗经·卫风·硕人》:"手如柔荑,肤如凝脂。领如蚰蛴,齿如瓠犀。"
② 诃(hē)梨子:本名诃梨勒。古代妇女衣领上绣的一种花饰。
③ 椒户:椒房。此处指女子的闺房。汉代后妃的宫殿用椒和泥涂壁,宫殿香暖。东汉班固《西都赋》:"后宫则有掖庭椒房后妃之室。"
④ 樗蒲:古代的博戏。
⑤ 丛头鞋子:一种妇女鞋子的样式。唐代女鞋的履头或尖、或圆、或方、或分瓣、或增至数层等,样式很多。唐王涯诗"云头踏殿鞋"、唐元稹诗"金蹙重台履",与此诗中的"丛头鞋子",大体属于同类。
⑥ 红编细:红鞋带。
⑦ 窣:下垂。
⑧ 翻教:反而使得。

清　焦秉贞　仕女图册（局部）

和凝

## 柳枝·瑟瑟罗裙金缕腰

瑟瑟[①]罗裙金缕腰，
黛眉偎破未重描。
醉来咬损新花子[②]，
拽住仙郎尽放娇。

[注释]

① 瑟瑟：碧绿色。
② 花子：又名花钿、媚子。古代女子将其贴于眉心。剪花钿的材料，据记载有金箔、纸、鱼鳞、茶油花饼等物。所以可以拿下来，甚至咬碎以发泄情绪。《酉阳杂俎》："今妇人面饰用花子，起自上官氏所制。"

清　任熊　大梅诗意图册之六（局部）

顾敻

## 虞美人·深闺春色劳思想

深闺春色劳思想<sup>①</sup>,恨共春芜<sup>②</sup>长。
黄鹂娇啭泥<sup>③</sup>芳妍<sup>④</sup>,杏枝如画倚轻烟。
琐窗<sup>⑤</sup>前。

凭栏愁立双蛾细<sup>⑥</sup>,柳影斜摇砌<sup>⑦</sup>。
玉郎还是不还家,教人魂梦逐杨花<sup>⑧</sup>。
绕天涯。

[注释]

① 劳思想:思绪忧劳。
② 春芜:春天的杂草。
③ 泥:停滞不通。
④ 芳妍:指花丛。
⑤ 琐窗:连环形花纹的窗户。
⑥ 双蛾细:细长的眉毛。唐代后期已经开始流行细眉。白居易有诗"青黛点眉眉细长",温庭筠也有诗"连娟细扫眉",所咏均是细眉。以"双蛾"指双眉,只是沿袭传统的说法。
⑦ 摇砌:摇动到台阶上。
⑧ 逐杨花:如杨花般飘荡。

清　金廷标　仕女簪花图（局部）

顾夐

## 浣溪沙·春色迷人恨正赊

春色迷人恨正赊①,可堪荡子不还家。细风轻露着梨花。

帘外有情双燕飏,槛前无力绿杨斜。小屏狂梦②极天涯。

[注释]
① 赊:远,长。
② 狂梦:痴梦。《广雅·释诂》:"狂,痴也。"

清　冷枚　春阁倦读（局部）

## 诉衷情·永夜抛人何处去

永夜抛人何处去，绝来音。

香阁掩，眉敛，月将沉。

争忍不相寻，怨孤衾。

换我心，为你心，始知相忆深。

孙光宪

## 浣溪沙·花渐凋疏不耐风

花渐凋疏不耐风,画帘垂地晚堂空。
堕阶萦藓舞愁红①。

腻粉②半沾金靥子③,残香犹暖绣熏笼。
蕙心无处与人同。

[注释]

① 愁红:落花。 堕阶萦藓舞愁红:飞舞的落花飘落在门前台阶的苔藓上。
② 腻粉:美人脸上的脂粉。白居易《木兰花》:"素艳风吹腻粉开。"
③ 靥子:又名妆靥。古代妇女点于双颊。元稹"醉圆双媚靥"、唐吴融"杏小双圆靥"所咏也即为此。

清　焦秉贞　仕女图册（局部）

清　焦秉贞　仕女图册（局部）

## 浣溪沙·兰沐初休曲槛前

### 孙光宪

兰沐初休曲槛前，暖风迟日①洗头天。湿云新敛未梳蝉②。

翠袂半将遮粉臆，宝钗长欲坠香肩。此时模样不禁怜。

[注释]

① 暖风迟日：指春天。
② 蝉：此处指蝉鬓，古代女子的一种发式。

孙光宪

## 菩萨蛮·月华如水笼香砌

月华①如水笼香砌，金环②碎撼③门初闭。
寒影堕高檐，钩垂一面帘。

碧烟轻袅袅，红颤④灯花笑。
即此是高唐⑤，掩屏秋梦长。

[注释]

① 月华：月光。
② 金环：门环。指门上贯锁的钿镮。
③ 碎撼：凌乱地摇动。
④ 红颤：红光颤动。
⑤ 高唐：高唐云雨。指男女欢合之意。

清　焦秉贞　仕女图册（局部）

明 唐寅 睡女图（局部）

## 菩萨蛮·花冠频鼓墙头翼

孙光宪

花冠①频鼓墙头翼②,东方澹白连窗色③。
门外早莺声,背楼残月明。

薄寒笼醉态④,依旧铅华⑤在。
握手送人归,半拖金缕衣。

[注释]

① 花冠:雄鸡。
② 鼓墙头翼:墙头鼓翼。在墙头扇动翅膀。
③ 连窗色:窗户连着曙光的颜色。指晨光照到了窗户。
④ 薄寒笼醉态:薄薄的寒意笼罩着醉态。
⑤ 铅华:指脂粉,妆容。

清　张淇　仕女图（局部）

## 后庭花·石城依旧空江国

孙光宪

石城①依旧空江国②,故宫春色③。

七尺青丝④芳草绿,绝世难得。

玉英⑤凋落尽,更何人识,野棠如织。

只是教人添怨忆,怅望无极。

[注释]

① 石城:石头城,也称石首城。战国时楚威王灭越,设金陵邑。汉建安十六年,孙权徙治秣陵,改名石头。旧址在今南京石头山后。
② 江国:河流多的地方。常指江南。
③ 故宫春色:陈后主的宫殿春色依然如故。陈后主因贪恋张贵妃(丽华)美色而亡国。
④ 七尺青丝:指张贵妃。《南史》卷十二《后妃传下》:"张贵妃发长七尺,鬓黑如漆,其光可鉴。特聪慧,有神采,进止闲华,容色端丽。每瞻视眄睐,光彩溢目,照映左右。尝于阁上靓妆,临于轩槛,宫中遥望,飘若神仙。"
⑤ 玉英:玉之精华。美玉。此处指张贵妃的美貌。

清　陈撰　白描仕女图（局部）

## 谒金门·留不得

孙光宪

留不得，留得也应无益。
白纻①春衫如雪色，扬州初去日。

轻别离，甘抛掷，江上满帆风疾。
却羡彩鸳三十六，孤鸾还一只。

[注释]

① 白纻（zhù）：白色的苎麻布。

明 仇英 文姬归汉图（局部）

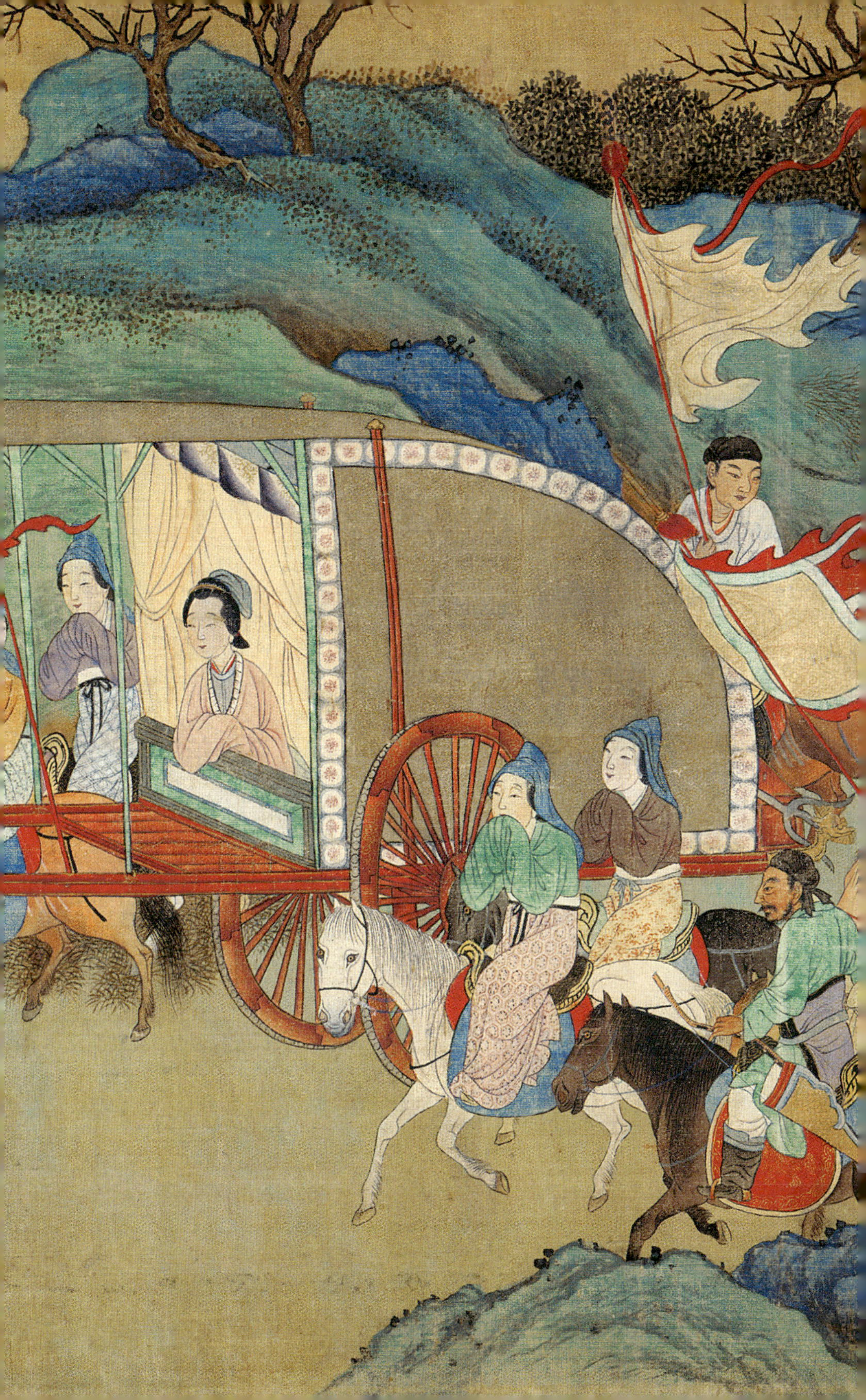

清　佚名　乾隆妃梳妆图（局部）

## 菩萨蛮·罗裾薄薄秋波染

魏承班

罗裾①薄薄秋波染②,眉间画得山两点③。
相见绮筵④时,深情暗共知。

翠翘云鬓动,敛态弹金凤。
宴罢入兰房,邀人解佩珰。

[注释]

① 罗裾:丝织的有前后襟的衣服。
② 秋波染:如秋波染成一般。指深蓝色。
③ 山两点:远山眉。古代妇女流行的一种眉形。
④ 绮筵(qīyán):丰盛的宴席。

清　焦秉贞　仕女图册之一（局部）

## 魏承班

## 玉楼春·寂寂画堂梁上燕

寂寂画堂梁上燕,高卷翠帘横数扇。
一庭春色恼人来,满地落花红几片。

愁倚锦屏低雪面,泪滴绣罗金缕线。
好天凉月尽伤心,为是玉郎长不见。

清　改琦　宫娥梳髻图（局部）

## 渔歌子·柳如眉

魏承班

柳如眉,云似发,鲛绡雾縠①笼香雪②。
梦魂惊,钟漏歇③,窗外晓莺残月。

几多情,无处说,落花飞絮清明节。
少年郎,容易别,一去音书断绝。

[注释]

① 鲛绡雾縠(hú):指珍贵轻薄的丝绸。鲛绡:传说鲛人织成的绡。西晋张华《博物志》:"鲛人从水出,寓人家积日,卖绡而去,从主人索一器,泣而成珠满盘,以与主人。"雾縠:薄纱。战国宋玉《神女赋》:"动雾縠以徐步。"
② 香雪:此处指美人。
③ 钟漏歇:更漏停了。指天要亮了。

鹿虔扆

## 临江仙·金锁重门荒苑静

金锁重门①荒苑②静，绮窗愁对秋空。

翠华③一去寂无踪，玉楼歌吹，声断已随风。

烟月不知人事改，夜阑还照深宫。

藕花④相向野塘中，暗伤亡国，清露泣香红⑤。

[注释]

① 金锁重门：重重宫门被上了锁。
② 苑：皇家园林。
③ 翠华：皇帝仪仗中有用翠鸟羽毛装饰的旗子。此处代指皇帝。
④ 藕花：荷花。
⑤ 香红：此处指荷花。

清　任熊　大梅诗意图册之一（局部）

清　陈枚　文窗刺绣（局部）

## 思越人·翠屏欹

鹿虔扆

翠屏欹,银烛背,漏残清夜迢迢。
双带绣囊盘锦荐①,泪侵花暗香消。

珊瑚枕腻鸦鬟乱,玉纤慵整云散②。
苦是适来新梦见,离肠争不千断?

[注释]
① 锦荐:指华美的席子。南朝梁徐悱《赠内》:"网虫生锦荐,游尘掩玉床。"
② 云散:散乱的头发。

明　唐寅　红叶题诗仕女图（局部）

## 虞美人·楚腰蛴领团香玉

阁选

楚腰<sup>①</sup>蛴领<sup>②</sup>团香玉,鬓叠深深绿。
月蛾星眼笑微颦,柳夭桃艳不胜春。
晚妆匀。

水纹簟<sup>③</sup>映青纱帐,雾罩秋波上。
一枝娇卧醉芙蓉,良宵不得与君同。
恨忡忡<sup>④</sup>。

[注释]

① 楚腰:指女子的细腰。《韩非子·二柄》:"楚灵王好细腰,而国中多饿人。"
② 蛴领:洁白细长的脖子。
③ 簟(diàn):竹席。
④ 忡忡(chōngchōng):忧愁的样子。《诗经·召南·草虫》:"未见君子,忧心忡忡。"

清　萧晨　洛神图（局部）

## 临江仙·十二高峰天外寒

十二高峰天外寒,竹梢轻拂仙坛。

宝衣行雨在云端。

画帘深殿,香雾冷风残。

欲问楚王何处去,翠屏犹掩金鸾。

猿啼明月照空滩。

孤舟行客,惊梦亦艰难。

清　陈字　梧叶惊秋图（局部）

## 河传·秋雨秋雨

阁选

秋雨,秋雨。

无昼无夜,滴滴霏霏。

暗灯凉簟怨分离。妖姬,不胜悲。

西风稍急喧窗竹,停又续,腻脸悬双玉[①]。

几回邀约雁来时,违期,雁归人不归。

[注释]

① 双玉:两行眼泪。

清　任伯年　梅花仕女图（局部）

## 临江仙·深秋寒夜银河静

尹鹗

深秋寒夜银河静,月明深院中庭。

西窗幽梦等闲成。

逡巡觉后,特地恨难平。

红烛半条①残焰短,依稀暗背银屏。

枕前何事最伤情?

梧桐叶上,点点露珠零②。

[注释]

① 半条:半消。
② 零:同"泠"。清冷。

尹鹗

## 菩萨蛮·陇云暗合秋天白

陇①云暗合秋天白,俯窗独坐窥烟陌②。
楼际角重吹,黄昏方醉归。

荒唐难共语,明日还应去。
上马出门时,金鞭莫与伊③。

[注释]

① 陇:陕西、甘肃一带。
② 烟陌:烟雾笼罩的小路。
③ 莫与伊:不给他。

归此事甚奇
车朝俟候刁斗
庵云此事可通

清 康涛 持节仕女图（局部）

清　改琦　惜花图（局部）

## 毛熙震

## 浣溪沙·一只横钗坠髻丛

一只横钗坠髻丛,静眠珍簟起来慵。
绣罗红嫩抹苏胸。

羞敛细蛾魂暗断,困迷无语思犹浓。
小屏香霭碧山重。

清　沙馥　梨花仕女图（局部）

# 浣溪沙·碧玉冠轻袅燕钗

毛熙震

碧玉冠轻袅燕钗①，捧心②无语步香阶。缓移弓底绣罗鞋③。

暗想欢娱何计好，岂堪期约有时乖④。日高深院正忘怀。

[注释]

① 袅燕钗：微微颤动的燕形金钗。
② 捧心：双手抱胸，表示病态或娇态。
③ 弓底绣罗鞋：妇女穿的绣花绸缎鞋。
④ 乖：违背。

毛熙震

## 临江仙·幽闺欲曙闻莺啭

幽闺欲曙闻莺啭,红窗月影微明。

好风频谢落花声。

隔帏残烛,犹照绮屏筝。

绣被锦茵眠玉暖,炷香斜袅烟轻。

淡蛾羞敛不胜情。

暗思闲梦,何处逐云行。

清　任颐　花容玉貌图

清　任薰　灯下沉思图（局部）

毛熙震

## 更漏子·烟月寒

烟月寒，秋夜静，漏转金壶①初永②。
罗幕下，绣屏空，灯花结碎红③。

人悄悄，愁无了，思梦不成难晓。
长忆得，与郎期，窃香私语时。

[注释]

① 漏转金壶：古代以金壶里的水流入接水的壶计时。
② 初永：漏箭的刻度刚刚增加。
③ 碎红：灯花不完整。指不吉利。古代认为灯花完整是吉兆。

明 仇英 古代仕女（局部）

## 后庭花·莺啼燕语芳菲节

毛熙震

莺啼燕语芳菲节,瑞庭花发。
昔时欢宴歌声揭,管弦清越。

自从陵谷①追游歇,画梁尘黦②。
伤心一片如珪月③,闲锁宫阙。

[注释]

① 陵谷:原指地面高低的变动。后暗喻世事变迁,改变。《诗经·小雅·十月之交》有:"高岸为谷,深谷为陵。"
② 尘黦(yuè):尘斑。黦:指黄黑色。
③ 如珪(guī)月:如皎洁的秋月。珪月:指未圆的秋月。唐韩鄂《岁华纪丽》:"珪月初生,珠露方滴。"原注:"秋月如珪。"珪:同"圭"。古玉器名。

宋 武宗元 朝元仙仗图（局部）

寶相自然金童

香山寶相玉女

淨居寶月玉女

洞陰玄和玉女

道堂常寂玉女

秋風紈扇

秋風紈扇鎮相憐 斜倚珠櫳一晌瞑 好夢下

清　改琦　秋风纨扇图（局部）

李珣

## 菩萨蛮·回塘风起波纹细

回塘风起波纹细,刺桐花里门斜闭。
残日照平芜,双双飞鹧鸪。

征帆何处客,相见还相隔。
不语欲魂销,望中烟水遥。

清　任熊　大梅诗意图册之三（局部）

李珣

## 菩萨蛮·隔帘微雨双飞燕

隔帘微雨双飞燕，砌花零落红深浅。

捻①得宝筝调，心随征棹遥。

楚天②云外路，动便经年去。

香断画屏深，旧欢何处寻？

[注释]

① 捻：此处指弹奏弦乐的一种手法。白居易《琵琶行》："轻拢慢捻抹复挑，初为霓裳后六幺。"

② 楚天：泛指南方的天空。江浙一带战国时属楚国。

明　陈洪绶　斗草图（局部）

# 临江仙·莺报帘前暖日红

李珣

莺报帘前暖日红，玉炉残麝犹浓。

起来闺思尚疏慵。

别愁春梦，谁解此情悰<sup>①</sup>？

强整娇姿临宝镜，小池<sup>②</sup>一朵芙蓉<sup>③</sup>。

旧欢无处再寻踪。

更堪回顾，屏画九疑峰<sup>④</sup>。

[注释]

① 情悰（cóng）：欢乐的情绪。
② 小池：此处指梳妆镜。
③ 一朵芙蓉：比喻佳人像镜子里的一朵芙蓉花。
④ 九疑峰：指画屏上所绘的九疑山色。

李珣

## 酒泉子·秋月婵娟

秋月婵娟①,皎洁②碧纱窗外。
照花穿竹冷沉沉,印池心。

凝露滴,砌蛩吟③。
惊觉谢娘残梦,夜深斜傍枕前来,影徘徊。

[注释]

① 婵娟:指形态美好。《文选·西京赋》:"嚼清商而却转,增婵娟以此豸。"
② 皎洁:指月光。
③ 蛩(qióng)吟:蟋蟀鸣叫。

明　陈洪绶　折梅仕女图（局部）

明　陈洪绶　夔龙补衮图（局部）

## 定风波·帘外烟和月满庭

李珣

帘外烟和月满庭,此时闲坐若为情。

小阁拥炉残酒醒,愁听,寒风叶落一声声。

惟恨玉人[1]芳信阻,云雨,屏帏寂寞梦难成。

斗转更阑[2]心杳杳,将晓,银釭[3]斜照绮琴[4]横。

[注释]

① 玉人:此处指情郎。
② 斗转更阑:更深夜尽,北斗星移。
③ 银釭:釭灯。汉代的息烟灯上所装烟管名釭,后来以部分代整体,把灯也称釭。
④ 绮琴:华贵的琴。

李珣

## 定风波·雁过秋空夜未央

雁过秋空夜未央，隔窗烟月锁莲塘。
往事岂堪容易想，惆怅，故人①迢递在潇湘。

纵有回文重叠②意，谁寄？解鬟临镜泣残妆。
沉水③香消金鸭④冷，愁永，候虫声接杵声长。

[注释]

① 故人：此处指思念的夫君。
② 回文重叠：用苏蕙织《回文璇玑图》的典故。《太平御览》崔鸿《前秦录》："秦州刺史窦滔妻，彭城令苏道质之女。有才学，织锦制回文诗以赎大罪。"此处指回文书信。
③ 沉水：指沉香木。
④ 金鸭：全鸭形香炉。

清　改琦　元机诗意图（局部）

明 仇英 百美图（局部）